赤綺羅々星

Kakunosuke Oda

織田覚之介

文芸社

もくじ

赤綺羅々星

危険な恋の予感

手を伸ばせば　　触れることができる
拒まれることは　　おそらく　　無い
首に手をまわしても
胸に飛びこんでも
　でも
崩れてしまうものがある
私の支えが　　その一瞬で
　それが　　無くなったら
私はどうなるのだろう？
残念です　　もっと
もっと　　うんと早く出逢いたかった
「今の私」で　　年月だけ戻して

人生賛歌

生きてゆくのは辛いこと
生きてゆくのは悲しくて
それでも生きてゆかないと
それでも生きていたいなと

生きてゆくのは楽しくて
生きてゆくのは嬉しくて
だから生きてゆけるので
だから生きていたいなと

告　白

耳が

今　目の前にある　その耳が

甘い　囁きを　待てる気がする

「好きだ」「愛してる」…… いや

もっと　ふさわしい言葉がある筈

「ありがとう」

期待はずれだけど　やっぱり

「好きになってくれて　ありがとう」

黒い嘘

これでもう
あなたに逢えなくなりそうです
逢うと苦しくなりそうです

あなたに嘘をついたから

自分のためだけ
私を守るためだけの
どうしようもない　　嘘

逢う度　　多分追いつめられます
何だかとっても残念ですが

いずれ　あなたと
逢えなくなるでしょう

ミスティク

あぁ　今のままでいて下さい
何の言い訳もしないで

ただ
照れて　笑っていて下さい
強がらないで
ごまかさないで

そのまま　そのままよ
あなたが　いとおしいから
とても

What　happen?

「一体何が　あったのですか……?」

私と出逢う　　その前に

どんなに　悲しい出来事が　その身に

あなたの　優しさの　原点

瞳の　　憂い

そこに　あるような気がして

なんだか　　たまらなくなる

そう尋ねずにいられなくなる

エマルジョン

だからふたりは　寄り添うの

他に何も持たないから

病的なまでに

孤独なふたりは　似た者同士

そうやって

激しく　求め合って

生きてくことしか　できないのです

過　食

あ行の女は　　意地汚ない

あ行の女は　　口で満たす

あ行の女は　　味あわない

ただ流し込む

そのことだけに　　熱中する

「あ行の女」の本名は

　　愛・飢え・女

この世に　沢山　　おりまする

最初のkiss　その次のkiss

　打診　　確認
初めて　　お互いの唇に触れる
ただ　あてるだけ　　撫でるだけ
少し照れたように笑う
　安心　　欲望
もう一度　　唇を合わす
力をこめる　　腕にも　唇にも
それからは　　本当の　　恋人同士

35歳の純情

触れようか　どうしようか

一瞬迷った　その手が好き

肩に手を置くだけ

なんでもないこと

少しでも　ためらった　その

不器用さが好き

情　熱

もっと　話したい

もっと　知りたい

もっと　知って欲しい

もっと　触れてみたい

きっと　もっと　だけど

どうしたらいいか　解らない

どう表現したらいいか　解らない

だって　あなたが好きだから

崩　壊

それはあたかも　　砂が落ちてゆくようで

掌に長い間

乗せ続けた砂

一気にある日落ち出した

さらさら　さらさらと

自分だけに　　見える　　聞こえる

眺めてるだけ　　何もできない

最後の一粒が落ちるまで

涙が枯れるまで

嵐

この切なさを

一体誰に　ぶつければいいのだろう

この　やり切れなさ

この　言いようのない　想い　苦しみ

誰に　ぶつければ

私は

安らかになることが　できるのか

信　頼

その時　　　その瞬間
ふたりは　　かけがえのない人になる

弱点・涙・守りたい何か
醜さ

もう　かくせなくて
　　　ぶつけてみたくなって

黙って　　受け入れてくれた時から
もう何も　　言い訳しなくて　　いいの

そこからふたりは
かけがえのない人に
なるのだから

本当の孤独

「私は　ミナシゴ　なの」
五人家族の　　君の言葉
驚きつつ　　納得してしまう
「私は　五人家族なの」
そういわれるより　　ずうっと
あぁ　そうか
君は　　誰よりも　　深い孤独を
知っているんだね

切なさの果実

「夏の間は　スイカで水分を　摂っているんだよ」

後部座席に転がるそれを　ふり返る

「そうですか」

体を戻しながら　ふと口元を見やる

“その口で　どうかじりついてるの？”

スイカと自らの乳房を置きかえて

丸い物体にかすかに嫉妬をした

目をフロントガラスに戻す

その空想が実現することは

もう二度とあるまいと　　悲しくなった

彼に逢うのは　その日で最後に

しようと考えていたから

そして　それが現実のものとなった

スイカは私の中で特別なものとなった

一瞬の真実

暗闇の中
ライターの音がする
静まり返った６畳間
がらんとした暗闇の中に
一ヶ所だけ　明かりがともる
タバコに火をつける
その人の顔が浮かび上がる
その時　その一瞬を
床に転がりながら
全裸で
まだ　ぼんやりしてる頭と目で
でもはっきり　とらえた

――自分の意志で生きてきて自分を頼りに生きてきた顔なのに　母なる愛情をずうっと求め続けてる顔――

その一瞬の明かりが
私の知らない年月を　見せつけた気がした

なぜか　　どうしようもなく

胸がキリキリして

影になった　　その人の顔を

見続けた

体の最大公約数

その人の手に

触れてみたいと　どうしようもなく想う

テーブルの上に　無造作に

投げだされている

今、目の前で

何に　今まで　触れてきたの？

何人の女性に？

何の食べ物？

何の……　何の……　何の……？

その人の歴史が

目の前に投げ出されている

私の手

色々なものに触れ　さまざまな歴史のあるそれを

重ねてみたくなる　どうしようもなく

もうすでに　別の人の手の中にある

この自分の手を

講　師

男と女になったのは

その日　その時　その空間でだけ

落ちてくる唇を受け止めた

「憧れ」は　何に変化したのだろう

どうしようもなく

「男」になった　あなた

「女」になった　私

ふたつの変化を受け入れる

戸惑いながら

その先に広がる世界も感じながら

震える手で　　その人の背中に

手を這わす

「憧れ」は何に変化したのだろう

母　乳

いつしか母になった気がした
私の乳房にうっとりと
吸いつく　その人
赤ちゃんみたいに　目をとじて
幸せそうに
その人を　撫でてやる
いとおしくて　たまらない
乳首に
無精ヒゲが　ちくちく当たるから
この人は　大人だったと　はっとする
16歳も　年上の
乳房を
くわえながら眠ったその人
私にも　解らない　何かが
ここから出てるのかもしれない
夢の中で
味わっているのでしょうか？
いとおしくて

髪や背中を何度も撫でる

窓の外は満月

だけど

今夜　あなたは　狼にはならない

一人芝居

忙しいのよ

私はね

あなたのために

娘になったり

弟子になったり

恋人になったり

売春婦になったり

いろいろしなきゃいけないの

あなたのためならがんばるわ

でも

母親一辺倒は　ごめんだわよ

守ってあげたい　究極に

もう　愛だ恋だ仕事だ家だ

何だかんだと

ぐちや泣きごと　言うのは止めて

私の　お腹に入りなさい

寒さ　暑さ　　何もかもから

守ってあげる

もう息も　　しなくていいの

ただただ　　安心と栄養を

与えてあげる

だからもう　何も言わないで

もう一度　元気にして

産み出してあげる

今度はもう少し　丈夫な子でね

喫茶・筑地

少し薄暗い照明

かなりうるさい　クラシック

安定の悪い　アンティークな椅子

その中で

ぼそぼそと話す男《ひと》

妻のこと　娘のこと　家庭のこと

なぜか自然に聞き入ってしまう

この雰囲気と　紫煙のせいでしょうか

この空間は　別世界

私達以外　誰も居ない

ドアの向こうは　現実

その人には守るものがある

了解しながら　恋に落ちてゆく

悲しくも　苦しくもない

全ては　この空間のせいでしょうか

これから誰かを傷つけても

ドアの外で起きたことだと

自分に言いきかせてゆくのでしょうか

理由《わけ》ある一目惚れ

悲しき板前さん江①

目の前の　その人を

見た瞬間から　恋に落ちた

何故だか解らない

本当に　何故だか解らない

私は　その人から目が離せない

多分　確心していたのだ

この人は私の中の猛獣を

飼い慣らせる人だ　と

調　教

悲しき板前さん江②

その人から教わるさまざまなこと

消化しきれない

仕事　　人生　　人間　　性愛……

側にいれば　私が変わる

それは私の　望むこと

他に何も　見えなくなっても

愛人生活の　光と影も

教わったとしても……

郵便はがき

恐縮ですが
切手を貼っ
てお出しく
ださい

1600022

東京都新宿区
新宿1－10－1

(株) 文芸社

ご愛読者カード係行

書　名			
お買上 書店名	都道府県　　市区郡　　書店		
ふりがな お名前		大正 昭和 平成　年生　歳	
ふりがな ご住所	□□□-□□□□	性別 男・女	
お電話 番　号	（書籍ご注文の際に必要です）	ご職業	

お買い求めの動機
1. 書店店頭で見て　2. 小社の目録を見て　3. 人にすすめられて
4. 新聞広告、雑誌記事、書評を見て（新聞、雑誌名　　）

上の質問に1. と答えられた方の直接的な動機
1. タイトル　2. 著者　3. 目次　4. カバーデザイン　5. 帯　6. その他（　　）

ご購読新聞　　新聞	ご購読雑誌

文芸社の本をお買い求めいただき誠にありがとうございます。
この愛読者カードは今後の小社出版の企画およびイベント等の資料として役立たせていただきます。

本書についてのご意見、ご感想をお聞かせください。 ① 内容について
② カバー、タイトルについて
今後、とりあげてほしいテーマを掲げてください。
最近読んでおもしろかった本と、その理由をお聞かせください。
ご自分の研究成果やお考えを出版してみたいというお気持ちはありますか。 ある　　ない　　内容・テーマ（　　　　）
「ある」場合、小社から出版のご案内を希望されますか。 する　　しない

ご協力ありがとうございました。

〈ブックサービスのご案内〉
小社書籍の直接販売を料金着払いの宅急便サービスにて承っております。ご購入希望がございましたら下の欄に書名と冊数をお書きの上ご返送ください。　（送料１回210円）

ご注文書名	冊数	ご注文書名	冊数
	冊		冊
	冊		冊

父　親

悲しき板前さん江③

「私が小学生の時

　　あなたは父親になったのだものね」

私は時々　その人の向こうに

何かを見ていた気がする

私を顧みることのなかった「父親」？

時々私の目は遠くなる

たまに見当違いなことで　その人を責める

私は何を　見たのだろう

私は誰を　責めたのだろう

私は結局　何を望んでいたのだろう

ホワイトレディ

悲しき板前さん江④

なんてドラマティックな恋なのだろう

ジンとコアントローとレモンをシェイカーでまぜたような

唇がしびれる　　その人とのキス

時に激しくぶつかり合う

そして激しく求め合う

泣いたり　　怒鳴ったり

それでも　お互い　離れられない

なんて刺激的な恋なのだろう

私達は似たもの同士

心の中に猛獣を　飼うもの同士

境界線

唇をただ　　かみしめるだけ

伸ばしたその手が　　空をつかむ

怖かったから

触れてしまえば

何かが始まる

何かがこわれる　　確実に

そのどちらもが　選べない

目をそらして

ただ

唇をかみしめるだけ

ただ

唇をかみしめるだけ

2000年12月20日「受胎告知①」

――予定日は7月26日です――

淡々と　告げる医師

茫然とする私

答えは　決まっていた

28歳だったけど

健康な女性だったけど

2000年12月20日「不倫関係」

その人は泣いた

子供みたいに

子供のために

「俺とお前の子じゃないか　堕ろしたくないよ」

私の腰に抱きついて

その人の頭を抱きしめた

もう十分だった

その姿を見れただけで

もう十分だった

私は　これからも　この人を　愛していける

涙を流して　　そう思った

たとえそれがウソであっても

それで十分だった

それが十分だった

2000年12月20日「成熟拒否」

私は　拒食症であった
20歳の頃から　当分の間
普通ではない精神の中で
考えた
「私は母になることはあるまい」
しかしそれは　違うのだと
証明された
こんな皮肉なかたちで

2000年12月20日「疑似家族」

「今の名前になる前　考えられて

　いた名前は　絹子なの」

以前　そう言ったことがある

「絹ちゃん」

おなかの人はいつしか　そう呼ばれた

「お父さん」「お母さん」

私達も　そう呼び合いだした

私の体を気遣う彼

そこには確かに　子供をもった夫婦の姿があった

家庭の匂いがした

刹那的ではあったけど

2000年12月20日「園児行進」

その日の朝

幼稚園児の行列とすれ違った

私の脚くらいの彼らと

その瞬間　声を聞いた気がした

「オカアサン、ハヤク　オニイチャン、オネエチャンミタ

イニ　ヨウチエン　イキタイナ」

まだ心臓すらない　わが子

でも確かに　　あどけなく

声を聞いた気がした

彼らをふり返る

涙が止まらない

もう何回泣いているのだろう

もう　あと戻りはできない

私の体には

体液でふやけた２本の棒が入ってる

もう　　あと戻りはできない

どんなに　泣いても

2000年12月20日「堕胎手術」

なぜかその時　意識が戻った

　ほんの一瞬だけ

すっかり見慣れた診察室

　医師、看護婦

　いつもの診察台　血だらけのコットン

私はうんうんうなっていたようだ

「…… もう終わりましたよ」

　誰かの声がした

その時やはり　その子の悲鳴を聞いた気がした

「オカサン !!!

　　ドウシテ ??!!」

そしてまた　　意識がなくなった

　本当に全て　終わったのだろうか？

　この時はまだ　　解らなかった

2000年12月20日「術後生活」

そしてまた　　翌日から

いつも通りの生活が始まった

何事もなかったかのように

キムチスープも　　レモン水も

もう欲しくない

カフェオーレを飲み　　平気で魚や野菜を煮つける

何も変わらない生活

でも確実に

何かあった生活

止まらない出血

癒えない悲しみ

消えないであろう十字架

これからもずっと　　きっと

2000年12月20日「受胎告知②」

「予定日は7月20日なの」

電話の向こうの　姉の声

あぁ絹ちゃんは産まれるのだ

姉の子として

あの子は産まれて来たかったのだ

私はその子を　愛してやろう

だれよりも　深く

すこしだけ離れた所で

幻想の母として

海

16歳年上であろうと

10歳年下であろうと

同い年であろうと

男の人の根元は　　案外

似通っているのかもしれない

どんなにいばっても

さわやかにふるまっても

母なるものを望んでるのかもしれない

ならばお聞きよ　　あなた達よ

私の海で泳ぎなさい

静かで　安全な

温かい海を

作ってあげる　　だから

何もかも忘れて

自由に泳ぎなさい

詩

怒りと　　悲しみで
押しつぶされそうになるから
ペンを持つ
書かなければならない
マグマのような　　煮えたぎる
情熱で
私は誰かを
あるいは自分を
傷つけてしまう
そのエネルギーが　　右手を動かす
そして私は癒される
私はそうして生きてゆく
そうすることしか　できないから
そうすることしか　できないのだから

いつでも心に

答えは一言で片がつく

「好きだからよ」

――なぜ　そこまでするの？――

――なんで　そんなことするの？――

――なんで　受けいれるの？――

――なんで？　なんでなの？――

耳に入るさまざまな問いかけ

私は愛人だから

「愛」で全てを賄わねばならぬ

理不尽なことであっても

どんなに悲しいことであっても

文句は言わぬ

愚痴はこぼさぬ

心の奥には「覚悟」があるから

少　年

15歳の「少女」に戻る

その子と居る時

無邪気で　何の屈託もない

なつかしい私

思ったことを　そのまんま

口に出したり　笑ったり

その子が「少年」だからでしょうか

どうしようもなく

アンバランスで　純粋で

だから安心して

私も「少女」に戻れる

男でも女でもない　心地よい

無邪気な空間

“好奇心”でキスもできそうな位

10歳下の彼は　もしかしたら

ものすごく　大人なのかな

私よりずっと

彼よりもずっと

「マイ　フェア　レディ」

強くて

優しくて

賢くて

綺麗な

女の人になる

愛する人から　愛されて

他の女は　物足りないと

言わしめるような

女の人になる

努力はいとわない

年と共に　魅力を重ねて

「ここまで来てごらんなさいよ」と

言えるような

女の人になる

努力はいとわない

だから私を見ていて下さい

少しでも長い間

私だけを

永遠にとは言わない

少しでも　長い間

私を

秘密の夜

狂おしい程
あなたに逢いたい
なにげない笑顔
あどけない寝顔
タバコの匂い　　色んなこと
それらを感じて
安心したい
ここから
出ていってと　言ったのは私
私のために　あなたのために
あなたの妻子のために
あなたは私の全てだったけど
逢いたい
今流す涙を
誰にも悟られてはならぬ
今は泣いても
明日はまぶたを
１ミリもはらしてはならぬ

私のために

あなたのために

あなたの

妻子のために

プロポーズ

「私と結婚しようよ」
　来週の火曜日
あなたにそう言うわ
あなたとなら
不幸になってもいいかなって
そう思えたから
残飯あさりでも
大型ゴミ泥棒でも
きっと楽しいよ　　だから
「私と結婚しようよ」
その方がきっと楽しいよ
　来週の火曜日を
楽しみにしていてね
いつもみたいに
少し笑って
「いいよ」ってゆってね

万華鏡

父であり

恋人であり

親友であり

師匠であり

息子であり

すべての男の人の一面を

その人から見出すことができる

知れば知る程に

一日として同じ日は無い

だから

出逢った頃より今が好き

明日より

来年の方が

ずうっと好きだよ

戦　友

どんなに
ささいなことであれ
くだらないことであれ
ちっぽけなことであれ
無我夢中でぶつかった
その人と
ケンカしながらも
泣きながらも
必死でついてゆく
戦争のない時代に
戦友と呼ぶに
ふさわしいような
口では言い表せない
　強い　　強いつながりを
その人と感じる
何かあった時　　たとえば
震度10の大地震がおきたって
がれきの下から　　その人と

はい上がってこれそうな

　強い　　強い信頼を

その人となら感じられる

　　だから

あなたとは　結婚できない

あなたとは　戦場でしか生きていけない

結婚という　　静かな池では

生きてけないのだ

感　謝

あなたに出逢えて良かったよ

あなたが最初の男の人で

ほんとに良かった　　本当に

　私は　最初に

ハートのエースをひいたのかな

　長いこと

　　そんなチャンスもなかったけれど

はじめてひいたカードが

ハートのエースだったのかな

あなたに逢えてよかったよ

最初の人で良かったよ

今はどこかで　幸せに！

悪夢の夜

通行人も　　信号も

何もかも　　無視して

ペダルをこぎ続ける

チェーンが切れそうなスピードで

事故死するかもしれない

それもいいかな

今の私は悪魔だから

目の前に座る彼女を

一瞬で憎悪した

「できちゃた結婚」を３ヶ月後に

する彼女

誇らしげに　悪びれもせず

１年８ヶ月前のことを

一瞬で思い出した

数センチのたたみのヘリが

何もかもを確実に

分割してる気がした

宴の席にはもう居られない

ペタルを全力でこぐ

涙があふれる

彼女はまぶしすぎた

傷は少しもいえてなかった

その現実に愕然とする

その出来事は　　汚いしみを

作っていたのだ

私の心にべったりと

涙があふれる

今の私は悪魔だ

無差別殺人の犯人だ

タイミング

もっと早くに出逢いたかった
向き合った時に感じる
懐の深さを
もっと早くに感じたかった
どんなに私が怒っても
悲しんでも
真綿でくるまれるような
安心感を
もっと早くに感じたかった
そしたら詩なんか書かなかった
そんな必要　全く無かった

追　懐

告白するなら今しかない

思い切り走った

　17の夏

蒸し暑い　電話ボックス

テレホンカード

10円玉の山

最後のボタンがどうしても押せない

　世界一の不器用者

お願いだからあなたが取って

目を閉じて全力で祈る

ケイタイも　何にもない

「今」より少し　思いを伝えにくかった

　17の夏

もう戻れない　ピュアで一直線な

　17の夏

別れる理由

もっ　行かなくちゃごめんなさい

静かで　安全で　温かい所

あなたの背中は

20年後も　50年後もそのままなんでしょうね

さらさらと音もなく　　時を重ねる

砂時計のような空間

もう　行かなくちゃごめんなさい

自分の足で　歩きたいから

いくら危険でも

大きなアナログ時計のように

過ぎゆく時をしっかり刻みたい

それを望んでしまったから

あなたと過ごすより

だから行かなくちゃ

ごめんなさい

覚　醒

それは恋ではなかったけれど

眠っていた　　真実の私を

たたきおこした

そんな気がする人だった

情熱　　思想　　哲学

熱くたぎる何か　あふれる何か

その人は私に火をつけた

唇に触れもしないで

それは恋ではなかったけれど

そんな気がする人だった

抱擁効果

このまま抱いていて下さい
一晩だけ　　このままで
本当は５分のつもりだったけれど
私はそこまで強くはなかった
明日は笑う　　笑うから
今は静かにこのままで
今日はあなたの体温だけ
昏も何もなくていい
あなたの体温で　充電させてね

Golden ……

何分間か　会話がとぎれた

震える手で　そっと

小指だけ　掌に収めた

顔はそむけて　彼も私を見ない　だけど

言いたい事は　伝わってる気がする

口で伝えるより　もっと深い所へ

――本当はもっと違う所に触れたい――

握り返されない

ふりほどかれもしない

そのテーブルだけ

時間が止まった気がした

重油のように　ねっとりした

空気が流れた気すらした

「沈黙は金なんですよ」

その人はかつて私に言った

「……沈黙は金ですね」

今日はそう言った

ため息と共に

結　納

「この子は気の強い子ですから……」

父が一言だけ述べる

私の横で

今日から婚約者と　呼ばれる人が

強くうなずいた

殆ど接したことのない父

彼は私の本質を

誰より的確に見ていたのだろうか

秘めた情熱　芯の強さ

初対面の男同士で

何か通じたのだろうか

猛獣使いの大変さを

真夏の夜明け

ノブにかかった手を止めた

体から　一瞬

あなたの匂いが立ちのぼった

目を閉じて

一時間前のことを思い出す

くすりと笑って

シャワーは延期

うちわで　そよそよと

もうここに居ない「彼」を楽しむ

静かだけど確実な

彼と愛しあった

証拠を楽しむ

人　生

全て選ぶことなど

不可能だから

右手に　夢

左手に　恋

それだけにした

お金　　結婚　　子供

家族　　友人

全て諦めた

きっと

足取り軽く

生きてゆけるよ

きっと

自由でいられるよ

バ　ク

25歳を過ぎたなら
正しいバクになりなさい
夢みてフワフワしてるのではなく
自分の
確かなエネルギーに
していけるような
力強い夢を
ごらんなさい

わが子へ ①

まだ見ぬわが子へ

あなたを

愛することが　出来るだろうか

優しく　正しく

「見守って」やることが

出来るのだろうか　この私に

わが子へ ②

まだ見ぬわが子へ
謝らなければならない
あなたが全てではないことを
あなたの
お父さんが全てだということを
私はお父さんの親衛隊隊長
あなたは副隊長ね
産まれたその日から

わが子へ③

また見ぬわが子へ

何を語ってやれるだろうか

　あなたに

私の生き方　　人生　　価値観

　どんな風に

理解して貰えるのだろうか

私の背中は

何を教えてやれるのだろうか

わが子へ ④

まだ見ぬわが子へ

あなたはきっと

まともな人間ではないでしょう

私と彼の子ですから

けれど

あなたが人生を　力いっぱい

歩くために

必ず　　必ず

あらん限りの応援をします

それを母は誓います

いつか出逢う

私の子供へ

赤綺羅々星

2003年1月15日　初版第1刷発行

著　者　織田 覚之介
発行者　瓜谷 綱延
発行所　株式会社文芸社
〒160-0022 東京都新宿区新宿1－10－1
電話 03-5369-3060（編集）
03-5369-2299（販売）
振替 00190-8-728265

印刷所　株式会社ユニックス

ISBN4-8355-4970-8 C0092